"Demain il fera nuit, je l'ai lu dans un livre
et les enfants iront de porte en porte,
de ville en ville..."

Gérard Manset

Pour mes filles, pour mon fils,
Qu'ils n'hésitent pas, si un jour leur printemps ne vient pas,
à arracher les pages de mes livres.

12

Demain les fleurs

Un texte de Thierry Lenain

Illustré par Anne Brouillard

Album Nathan

Je venais d'arriver chez grand-père. Grand-père habitait une maison entourée d'arbres et de champs qui fuyaient aussi loin qu'on pouvait regarder, jusqu'aux collines qui barraient l'horizon. Dans son jardin, il y avait un pommier, un arbre aussi vieux que lui.

Grand-père était très vieux, mais jamais triste. Il séchait mes pleurs d'un seul sourire – il avait souvent à le faire. Et la peau de ses mains, plus ridée que l'écorce de son vieil arbre, était aussi douce que ses mots d'amour.

C'était l'hiver, un hiver très froid. Un hiver aux joues rouges et aux doigts engourdis. Un hiver qui avait tout blanchi, avec de la buée qui s'échappait de nos bouches, et un bonhomme de neige sous le pommier.

Bien au chaud dans la maison, grand-père se balançait dans son fauteuil, devant la cheminée. Il lisait des livres qu'il empilait autour de lui au fur et à mesure qu'il les finissait. Il me les racontait parfois, et j'écoutais. Il lui arrivait aussi de s'endormir le livre ouvert dans les mains. Je l'en débarrassais et je montais sur ses genoux. Je posais ma tête sur sa poitrine. Les battements de son cœur me berçaient.

On aimait sortir chercher du bois, remplir les mangeoires des oiseaux, ou regarder les champs blancs s'étendre jusqu'aux collines blanches. Grand-père allait caresser l'écorce du vieux pommier. Il parlait à son arbre. *Demain les fleurs.* Voilà les trois mots qu'il lui répétait : *Demain les fleurs.* On rentrait ensuite se réchauffer au feu de la cheminée.

Les jours passaient, l'hiver avançait. Les livres s'entassaient sur les tables, sur les chaises... Grand-père ne les rangeait jamais sur les étagères. Quand je lui demandais pourquoi, il me montrait le pommier par la fenêtre et il me répondait : *Au printemps.* Les fleurs, le printemps... Je m'étais mis à les dessiner. Et chaque matin j'allais guetter l'apparition des bourgeons sur les branches, tandis que le bonhomme de neige fondait lentement. Bientôt, il n'est plus resté du bonhomme blanc qu'un petit

tas glacé et une carotte fripée. Sur les étagères, il n'y avait plus beaucoup de livres : quelques romans et puis, isolé des autres, un gros livre noir. La couverture ne portait aucune inscription. Grand-père n'y touchait jamais, et ne me répondait pas quand je l'interrogeais à son sujet. Un jour où il était sorti, je m'en étais emparé. Mais je n'avais pas osé soulever la couverture. Je l'avais vite reposé à sa place. Quand je m'étais retourné, grand-père était derrière moi.

La date du printemps approchait. Je barrais les jours sur le calendrier. Grand-père lisait moins. Il avait l'air soucieux. Il sortait souvent examiner les branches de son arbre, longuement, à s'y user les yeux. Elles restaient nues. Aucun bourgeon, aucune feuille, aucune fleur. Je me pendais au cou de grand-père pour lui chuchoter à mon tour : *Demain les fleurs.* Il me souriait à peine et retournait s'asseoir dans son fauteuil. Les sourcils froncés, le regard inquiet, il fixait sans plus bouger le livre noir, sur l'étagère.

21 mars. Sur le calendrier c'était le printemps, mais dehors c'était l'hiver. Un hiver sans neige ni ciel bleu. Un hiver gris et sale, sans âme. La silhouette du pommier se découpait dans la brume comme celle d'un arbre mort. Grand-père ne quittait plus son fauteuil, les yeux rivés sur le livre noir. Il répétait : *Voilà, c'est arrivé, c'était écrit et c'est arrivé,* sans autre explication. Je montais sur ses genoux, mais il ne m'écoutait plus. Je pleurais en fixant avec effroi le livre noir. J'avais peur que grand-père ne devienne mort, comme son arbre. J'avais peur de rester seul, pour toujours.

Un soir, grand-père a enfilé son manteau. Je l'ai suivi. Il m'a pris la main et nous nous sommes mis en marche. La nuit tombait, le vent nous glaçait. Les arbres que nous rencontrions étaient aussi nus que le pommier. Leurs silhouettes macabres se dressaient tout au long du chemin. J'imaginais leurs branches s'allonger, nous agripper et nous déchiqueter. C'était la fin de la vie, la fin de toute la vie, partout. C'était écrit dans le livre noir, j'en étais certain. La main de grand-père était devenue aussi sèche et dure que du bois.

Nous sommes arrivés près d'une maison. Grand-père a frappé à la porte. Nous avons attendu. Personne n'est venu ouvrir. Les volets étaient fermés. Les habitants avaient-ils fui ? S'étaient-ils terrés au fond de leur cave ? Avaient-ils lu, eux aussi, le livre noir ?

Grand-père et moi avons repris notre marche, pour rejoindre une à une les maisons voisines. Les portes et les volets étaient clos. Les appels de grand-père restaient vains. Seuls lui répondaient les hurlements des chiens.

À chaque fois, grand-père repartait d'un pas plus lourd. C'était lui qui me serrait la main désormais, lui qui se raccrochait à moi.

La dernière porte devant laquelle nous nous sommes arrêtés fut celle de la chapelle. Grand-père est tombé à genoux. Il a murmuré quelques mots, peut-être une prière. Je ne l'avais jamais vu prier.

Je l'ai aidé à se relever. Il m'a serré contre lui, m'enveloppant de ses bras et de ses mains pour me protéger de la nuit et du vide. J'avais beau me presser contre sa poitrine, je n'entendais plus son cœur.

Nous sommes rentrés. Le feu s'était éteint dans la cheminée. Il faisait sombre et froid dedans aussi, maintenant. Grand-père est resté longtemps assis sur son lit, à pleurer. Les larmes coulaient de ses yeux aussi lentement que la sève s'écoule de l'écorce meurtrie d'un pommier. Je ne parlais plus. Je me balançais doucement à ses côtés dans la pénombre, et je chantais tout bas une berceuse que je n'avais jamais apprise, mais qui me remontait du fond du cœur.

Quand je me suis aperçu que grand-père s'était levé, il avait déjà rassemblé autour de lui les livres éparpillés dans la maison. Il en arrachait les pages. J'ai cru qu'il était devenu fou. Fou de rage contre ces histoires dont aucune n'avait su devenir vraie comme celle à laquelle nous appartenions dorénavant. L'histoire du livre noir. Mais grand-père arrachait les pages sans haine, sans colère. Alors je me suis assis à côté de lui, sur le sol, et je l'ai imité.

Quand il n'est plus resté de pages que dans le livre noir, grand-père a ramassé une feuille parmi celles qui s'étaient amoncelées autour de nous. Il l'a froissée. Et de ses doigts noueux et veineux est née une première fleur de papier. Puis une deuxième, puis une troisième. J'ai fait de même. Mes premières fleurs n'étaient pas très ressemblantes. Mais peu à peu, elles s'ajoutèrent aux siennes sans qu'on puisse les différencier. Tout en continuant à travailler, grand-père a entonné la berceuse qui m'était remontée du fond du cœur peu avant, et elle est remontée d'encore plus loin.

Bientôt la pièce fut pleine de nos fleurs de papier. Grand-père en a rempli un des paniers qu'il utilisait d'habitude pour le bois et il est sorti. Il a marché jusqu'au pommier. Il a posé le panier au pied du tronc, et il a accroché des fleurs sur les branches les plus basses. Quand ses bras sont devenus trop courts, il m'a fait signe de monter sur ses épaules et de là, j'ai grimpé dans le pommier. Une à une j'ai couvert les branches les plus hautes avec les fleurs que grand-père me passait, et dont il allait remplir le panier dès qu'il se vidait. Bientôt, malgré la nuit encore plus noire, encore plus froide, le pommier a été couvert d'autant de fleurs qu'au plus beau de ses printemps. Nous avons fleuri tous les arbres aux alentours. Et chaque fleur était une tache blanche dans la nuit noire et glacée qui n'en finissait plus.

Nous nous sommes couchés épuisés et transis de froid. Grand-père m'a serré dans ses bras. Il m'a dit : *Adieu, mon petit.* Mes yeux se sont fermés et j'ai compris qu'on ne se réveillerait plus jamais. J'ai pensé aux fleurs de papier dont nous venions de couvrir les arbres. J'y ai pensé très fort, et je me suis juré que ce serait ma dernière image avant de m'endormir pour toujours ; celle-là et aucune autre.

Combien d'heures se sont écoulées, de cet étrange sommeil ? Un rayon de soleil m'a caressé le visage. J'ai ouvert les yeux. J'étais seul dans le lit. J'ai cherché grand-père. Il était dehors. Il regardait son pommier. Un vent léger faisait danser des fleurs sur les branches. De vraies fleurs. Et d'autres, qui étaient encore de papier.

Demain les fleurs est inspiré d'un autre texte, écrit en 1992 et qui n'avait pas trouvé d'éditeur : *L'homme qui attendait le printemps.* Je suis heureux qu'à l'occasion de la réédition de cet album il soit, en trouvant place ici, enfin publié.

T.L.

L'homme qui attendait le printemps

C'est l'hiver. Il fait froid.
Au coin de sa cheminée, l'homme lit.
Et dans ses livres, à chaque page,
le soleil luit.
Dehors, il y a un arbre.
C'est l'arbre de l'homme.
Chaque matin,
emmitouflé jusqu'au menton,
l'homme caresse l'écorce de l'arbre.
Il attend les bourgeons, les fleurs.
Il attend le printemps.
Les jours passent, les livres s'entassent
le long des murs,
dans les armoires.
Peu à peu, l'homme s'alarme.
L'hiver va bientôt s'achever
mais l'arbre ne fleurit pas.
L'homme ne lit plus.
Ses yeux s'abîment
à fixer les branches
qui restent nues.
Les jours naissent
puis s'éteignent.
L'hiver est toujours là.
Un hiver sans neige,
sans ciel bleu,
sans pommettes rouges.
Un hiver gris et sale,
sans âme.
L'homme court chez ses voisins.
Leurs arbres sont aussi nus
que le sien.
Eux, aveugles, s'embrassent,
se disputent,
regardent la télé,
dorment,
mangent,
ou cherchent
rien.
Aucun ne s'est aperçu
que le printemps n'est pas venu.
Aucun n'entend l'homme tambouriner,
crier,
alerter,
sangloter.
L'homme rentre chez lui.
Son feu est éteint.
Il fait froid dedans aussi
maintenant.
Et la nuit tombe sur l'homme à genoux
qui pleure.
Mais dans la pénombre
l'homme aperçoit ses livres.
Il tend la main,
les ouvre
un à un
et arrache chaque page.
De chaque page,
méticuleusement,
il fait une fleur de papier.
Quand il ne reste plus un livre entier,
dans le noir de la nuit froide
l'homme va poser les fleurs
sur les branches de son arbre,
et sur les branches des autres arbres
un peu plus loin.
Et chaque fleur est une tache blanche
dans la nuit noire.
Au matin, lorque l'homme s'éveille,
le soleil brille
haut dans le ciel,
et un vent
léger
fait danser sur les branches
des fleurs qui ne sont plus de papier.

Vendredi 18 décembre 1992
Pour mes filles, qu'elles n'hésitent pas à arracher les pages de mes livres si un jour leur printemps ne vient pas.

Conforme à la loi n° 49 956 du 16 juillet 1949 sur les publications destinées à la jeunesse
ISBN : 2.09.250507-6
Dépôt légal : octobre 2004
Imprimé en France chez Pollina - N°L94825